流動偵測站

列車上的吟詩旅人

周慶華 著

序

旅遊，就是在偵測。而隨著行進的路線，偵測也開始四處流動；偶然停留，就自成風景。於是作為一名吟詩的旅人，流動偵測站就是他的另類日誌。

我的旅人系列，已經遊過家鄉東北角、東半邊臺灣和自我規畫的游牧路線，現在則要深入可以感懷寄思的空間。這是從教職退休以來，別伸觸角所探得的。詩作的起興，或在列車漫溢中，或在暫居斗室醒夢遷延中，或在離境浪遊景動物嘩中，或在羼入其他行旅及為友朋添花綴飾中；成形後檢視，品類雖多，遊興不變，只有棖觸掛念稍稍逃逸。

集中特置卷零單首，是在思念我母親。原詩作已多有累積，忽逢我母親病倒，立即擱置回家照顧她。近一年來，看著她日有起色，本以為困擾她的宿疾終將離她遠去，不意就在可以更順適的期待中她卻悄悄安詳的辭世，留予我無比的哀慟，至今仍難以平復。因此，特以卷名「驀然回首」誌記這段期間對我母親的不捨，彷彿引我看見了一個突地灰掉的世界，不知道要多久才能重現顏彩。

其他各卷，肇始於「起興」，自是整本詩集定調的開端，為後面眾卷的鋪排作一點感興簡單的勾勒。其餘如「物的最新遊蹤」、「花草鳥獸」、「小斗室」和「天涯履痕」等，所要周巡詠嘆的多已見於當卷命名，沒有什麼需要特為說明的地方。前面所謂「或在暫居斗室醒夢遷延中，或在離境浪遊景動物嘩中，或在羼入其他行旅中」等，就是這些詩作寫竣的重要因緣。

只有卷五以「列車行進中」相標榜，乃是為了追記一件憾事而撰寫的，情況特殊，有必要額外予以加註。起因是：小時候住在鄉下，家窮，偶爾外出，買不起車票，只好坐霸王車，這件事一直麻渣在心裡。後來買得起車票，一有機會就捨其他交通工具而改坐火車，以增加它的營運量作為補償；現在更以一卷詩試為取代我原先的愧欠。又當今已有公車詩和捷運文學等，卻不見火車也能增添這類設置，實在大有缺憾！於是我又想略為「升級」，這卷詩如能移作火車內部展布，不但可以改變火車平板的氣象，還可以創新文學布置的先例，因為所見的公車詩和捷運文學等都未跟該公車和捷運等有密切的連結，而我的系列詩則篇篇不離火車。

此外，將「進駐非非想地」一卷置末，則是收尾而給退休後所兼從事文學服務（幫咖啡店、民宿和住家等作文學布置）的部分作個見證，無意將它當作「創齡」或「事業第二春」的績效，但又實有那麼一點意思，僅以仿佛家語而作為「要有所游離」的心境表白，畢竟那是另一種遊歷的況味，詩情得有點耽延隱退。還有本卷連帶前面幾卷中多有較我先前作品變長的現象，那是情思略增纏綿的緣故，只為一個流動偵測站可以讓人有逗留慢賞的餘地。

周慶華

目次

卷三　花草鳥獸

卷四　小斗室

卷七 進駐非非想地

卷零

驀然回首

雲心無寄
——思念我母親

一個晴朗不能意外哭泣的日子
你走了姿態還停在蝶化的優雅裡
只當是短暫沉睡沒敢吃力喚醒
最後卻淚水潰決飽驚你無聲的離去

想你行年才八十初度
糾結在病痛裡的身影彷彿已經跨過許多世紀

老天缺少給你的勇健追補還差一哩路
你就等不及在午飯滿噎後悄然告別
艱難一生翻不動來處我迷惘

紀錄你誕生的那個小漁村
早已暈開了一張褪色命運的網
把你從襁褓中擄走
過繼給堂叔他成了你的養父
移愛斷續在一場又一場酒醉的空檔
養母來來去去你記不得她們的臉

終於請出孤伶將你嫁到一個陌生的家
僅為了貪圖幾百錢聘禮好去償還他的債務
不從背後還有強死在要脅

說好的贅入娶出連養父一起搬來
迎親的隊伍要爬坡深入山中
路滑轎伕哀求你自己步行一長段
心軟應允了卻兌換來日後無止盡的勞苦
懊悔當天沒有守住那個古老的禁忌

公婆只在意你的肚皮久不鼓脹
經常冷言冷語傷到一顆青純少婦的心
偶不順遂我父親還要拳腳相向好讓他們開懷
嫁為人婦的生涯原是一場夢
醒後才知道地上另外站滿了忍飢苦寒的小姑小叔
他們都在翹首喁盼長嫂的疼惜
你一一垂憐從來不教他們有絲毫的怨嘆
如今你仙去了叔叔們仍一逕升溫樂道那段蕙風吹拂的往事
那時我的出生帶來了一點希望

輾轉讓你感到這是你終身所寄的家
起初想逃離的念頭也在外曾祖母的勸喻聲中沉沉斂去
從此你的心黏著一個多重角色的扮演
直到終老都不曾拭去

家從深山搬到海濱又隨丈夫寓居在礦場
兒女接連降臨肩上添了一層重擔
於是你客串起礦工賣菜婦僱傭雜役四處兼差
養活了家中老小撐起半片藍天
原該掙脫的貧困不料又給疾病偷偷纏住

歡笑瞬間變成過度奢侈的享受
一不經意就會從胸臆臉龐急速隱匿

我結婚生子弟妹也多成家立業
兩老新的憂愁卻是迴向不了一部悠悠的家族史
先演分裂後又關懷中斷於流轉各醫療院所
我父親纏綿病榻五年後棄世
你宿疾間歇發作相隔十六載也忍不住要傾倒
盡力孝養依然難敵時運固命的牽引
徒喚蒼天奈何給我這一段心路的坎坷

你確定罷免人生舞臺了
那天親友都來給你風光的送行
不肯相信一個始終不捨眷愛的人會離我們遠去
醒著夢中都還有你的影子縈繞長駐
我更會在蹀躞山巔水湄時找尋你的蹤跡
只是雲心漫漫那裡可以寄予慟後綿長的思念呵

卷一　起興

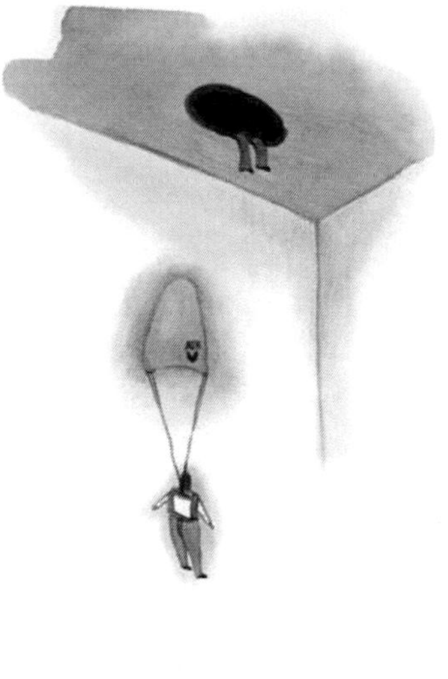

東海岸新隱

遷居像一場夢漂移
疊著波濤晨心終於醒了
斜角看去綠島在煙霧中吞沒記憶
岸上有都蘭山美人長長的貪眠
我的遐想從她的睡姿偷跑到天邊
前方颳來的風帶著季節翻滾的鹹味

搖落黑森林連綿無心的激動
鄰近大鵬凌空震撼剛好結束疲累的晌午
岑寂開始尋找一個陌生的故事
有閒人付清了他最新的簡歷

有春與夢

東北季風跳盪過來
篩出滿地滿園的隱喻
兩棵苦楝逢著在空中搖過老邁細碎紫色的舞步
它們都想搶佔報春第一

桑塔耶那跟知更鳥有約走了
典當春衣就留給杜甫
旅枕夢殘後蘇東坡忍叫東風吹破千行淚

古今中外到了這時節很黏澀

蘭嶼和綠島在等待最近一期的船訊
裡面有許多的閒夢跟隨航行
我久住的過客用濃麗剩餘的心情眺望
寄去兩杯新裁奔跑的象徵

如果

黃昏的腳步如果慢一點
食物的美味就會催動味蕾

誠品那邊如果人影不再晃動
走出戶外的故事一定提早回來保溫

四個小孩十分鐘自拍如果走光
銀色夫妻二度腳踏車蜜月還你們四天行程

創意如果卯上圖畫書
說話的彩衣准你出場演活東海岸
奶油培根起司如果不配蘑菇
盛意請吃的飯沒得爭

海邊輕掠影

銀髮阿公阿媽鑽出車
歪斜的排成兩三列縱隊
海風稀疏的把黃昏讓給他們
看到驚奇後眼笑了

綠衣黑褲繡著來歷
集體向健康朝聖
神在遙遠的國度有病號作陪

他們要雀躍為自己慶生

矮胖的併步前進
稍微瘦削的准你一次騰空
前頭的話語記得搭著後面的笑容
沒有人願意感覺被落後綁架

綠島是否已經招過手
旁邊的波浪一逕的佯裝不知道
他們揚眉又瞬目

只因為長長的步道太興奮

領隊舉起小旗

回顧逮到一節斷裂的尾巴

獎品還留在歡呼裡

倉促間聽到有人喊不要驚嚇草皮

丐幫發了

風促狹的斜飛過來
翻出破酒幌上丐幫兩個紅色的大字
一間鏽蝕斑駁的鐵皮屋藏在後面

沒有鈴鐺警戒
狗兒自動在門口站崗
守著那一堆氾濫的破爛
旁邊有欖仁樹顫動

幾年後空地清場了
卡拉OK進駐從傍晚放膽到午夜
小貨車載回來泥巴歡笑還有異鄉的路
它在延伸明天的故事

那個酒幌越來越低垂
終於漆落被強颱沽去只剩竿影搖晃
海濱公園盡處失去了一個地標
連帶收聲回歸訂做的清靜

又過了一些時日蕩漾
丐幫弟子突地齊聚在庭院燒烤久違的熱鬧
外邊停著寶馬富豪賓士和路人的驚奇
一陣肉香嗞嗞的溢了出來

我用散步紀錄他們的歷史
鐵皮屋依舊新面孔增多風變暖和了
狗兒已經學會對準腳步聲想尾巴

應邀主持一場論文發表會

飛鴻棲遲射馬干
來去都是一段風景
我別後重返卻帶著冰剩的心情
旁觀華語人在初啟辯才

硝煙來不及登場
客氣將它引去幕後稍候
裡面有微溫的衝動

鵝湖會一次就難再有了
據說華山論劍也已走入歷史自己存檔
解嚴過久資訊又把思想凍結起來
我們都忘了相互刺激的滋味

PPT教你看見論文的喘息
在銀幕跳動中鬆弛閱讀的神經
揀出後殖民女性兩種最夯的主義探路
就可以縱橫擺渡文人潛藏的意識

不想過時的還有新批評和魔幻寫實主義
海峽的水隨你高興溢向
彼此欣慕綿長了禁忌就會找腳走開
我佯裝主人接收近距離的投擲
中聽的嘉勉不中聽的也嘉勉

空中飛人

劃一條最短的距離
北東在四十分鐘內完成
不彎折的時間很昂貴
它張開翅膀我從軀體飛翔

空服員低聲詢問
臉上貼著職業的敷衍
一杯水一片紙巾一趟單調的航程

機長連珠炮的廣播
唯恐麥克風跑離它的航線
沒有笑話沒有詩沒有準備贈送的相思

乘客都忘了隨興交談
兩眼從起飛就急切的盼望著陸
回頭是前去最蒼茫的禁忌
守著一顆心膽量自己要懸空

十六年串結的虛驚
像一道幽咽杳冥的細流
穿越晨曦夕照也穿越前世今生

卷二　物的最新遊蹤

幹！綠島很熱

他從綠島穿出來的時候
T恤就住著這五個字
車站的人潮盯著它看了又看
臉上開始有灼熱感
耳朵響起那個安韻的迴聲
創意要擠進車廂
它的白描配上無賴的怒吼

頓時像消氣的皮球彈不起來
直到一個靈感闖入有了
我的眼睛在綠島冒汗

句子長著翅膀想飛
近距離避開那五個音的猛轟
還在痴想穿度逃竄的路線
心版又浮出新的意象
火燒島給你蒸過的熱情

不理它騰冒的烈焰
憐憫會從那個人的脊樑跑走
比美只要跨過兩個範疇
再一次示範給你看
夏天用火籠疼愛綠島

我的眼睛在綠島冒汗
火燒島給你蒸過的熱情
夏天用火籠疼愛綠島
新的文創加值展終於完成了

附記：有次，在臺東火車站遇見一個年輕人穿著背面印有標題那五個字的白色T恤，嫌它沒創意，所以隨便想些句子試圖「取代」它。

愛在一個家庭裡蕩漾

沒有綿長的呼喚
風就自動把門窗一一打開
陽光探進頭來偷看到寂靜的騷動
室內忙碌了起來

小男嬰剛卸下尿布
床板立刻傳來他的敲擊聲
然後兩眼骨碌碌地看著媽媽

在從新著裝的剎那
他興奮的勃起

做妹妹的跑過去抱住一根柱子
那是她的哥哥正好沐浴出來
體香竄入鼻孔呼吸很舒暢
約會的記憶已經穿過萬重山快要追趕不及
忠實的跟屁蟲還說沒有關係
她只當不亮的電燈泡

客廳沙發坐著忘了說話的爸爸
他的眼睛直直盯著電視那則不肯落幕的誹聞
大女兒過來摟住他的脖子作勢跨上去
左右摩挲開始有暖流通過
沒多久他的褲襠就鼓起了一座小山

風再度吹進來
拂過大家的臉頰有點燥熱
回頭瞧見庭院出現兩隻狗正在交歡
別出門今天是星期天

跨域漫遊

旅人站在岩畫前用眼睛沉思
他陡地交流了古老的心靈
從古希臘埃及希伯來羅馬人的性趣中
讀出婦女馴服野獸溫暖她們的乳房
還敞開悠悠的陰道讓蛇進入

尼羅河流域印度山谷有人在安撫猴子
商請牠們捧起男子的命根輕輕搓揉

隔壁一隻山羊則八輩子交了好運
牠伸到女人的體內暢遊了整部崖洞
研究人員寫完日誌無心被黑夜抓去催眠
忍不住也在駱駝的臀部留下幾處興奮的爪痕

農場一名男子處決了一匹母馬
他邊收拾殘骸邊怨怪牠只對公馬眉來眼去
金賽的性報告灌了水第一頁長相就很不專業
智障環境虐待傷害都不會同意他發行的性愛執照
身旁那個少年追求母牛的次數會給見證

犯罪學家想控訴的跨物種性侵
已經造就了法官痛快的判例
只有惡童三部曲那位誘狗交媾的兔脣女孩得到赦免
在情感上零容忍的動物戀真誠男士
預備組織辯護團隊為自己的小弟弟請命
他們希望人間也該有一家春光農莊

那隻名叫露西的黑猩猩長大了
花花女郎雜誌牠偏愛在裸男圖片上磨擦生殖器

鄰村一匹阿拉伯種馬勃起後讓一個西雅圖男子的結腸穿孔
他丟出一張控訴狀強迫對方要懂得憐香惜玉
最終被狗騎在腿上的那名科學家也有話說
誰來成立動物法庭解決人獸幾千年來的桃色糾紛

那檔事

按鈕被毛毛蟲啟動了
世界從此誕生
出口有鮮紅黏稠的印記

黑黝黝的崖洞
探不到底的棒槌會先癱軟
轉彎太多次小心夭折
最先攻頂的獲勝

安睡三天就想尋找興奮
火山還燜在棉被裡
觸發只要短短的幾秒
摸到邊緣卻得等待它升溫
熔漿已經冷遁

蕭索了大半時光
白旗就插遍床沿夢裡每個角落
警告越界後再防止你偷渡

偶爾昂首請自行滿足
誕生的世界看不到盡頭
鮮紅黏稠的出口有新的印記
毛毛蟲想換別的按鈕

自慰演化的進程

變形蟲拚命擠著長不出來的觸鬚
牠要探測失去的另一半
希臘神話遺漏的情節牠得自己編撰
手腳一起用力把欲望噴湧上去
滿足的眼神紀錄了牠第一次的暈眩

經驗傳到魚牠張開嘴吸吮
微物進來小魚游出去

吐幾口白沫慰勞懶懶伸展的浮漚
牠想像可以繞到尾巴給它深情的一吻

青蛙跳上了陸地
牠帶去的嘓嘓聲裡有求偶的信號
趁黑夜先舔一口已經蛻變的小蝌蚪
你要乖乖呆著別蠢動
我唸一唸就放你回去安睡
雞也來邊啄米邊偷看穹蒼

那兒有點灰暗雨水頃刻就要崩盤
躲入窩裡掏出縮皺的白色帶子
牠又拉又扯的把半個美夢猛地打發掉
從頸項經過末椎一路都在顫抖

悠閒的白天留給豬狗
牠們有事沒事都會嗑牙硬碰
不能撫摸對方只好自己蹲在角落暗爽
輕舐一下那根細棒就知道紅透長大
然後陪著夕陽緩緩的落下

吃遍滿山栗子的猴兒上場
找伴磨蹭還是癢到差點發狂
回去靠著樹幹快速揉搓
牠們最先看到了上帝失溫的笑容

猩猩顛巍巍的闖進來軋一角
牠嗅完人家的私處又惦量自己的那話兒
終於決定對著藍天吼叫吃一客自助餐
據說事後牠從今天舒服到昨天

畫面切換最新剪輯的場景
下流科學的作者白令晃去辦公室
一手握著巨屌一首撥開委拍的影片
他在挑逗連續勃起的實驗
結果射出的每一道濃度欠缺的律動
全是他改練瑜伽自體口交的成績

一朵雲赴海邀約的行程

半張透明隱身的邀請函
薄薄的啣在那隻紅嘴鳥的口中
牠從遠古給原住民叼去火種傳遞消息後
就不停地往來穿梭當信差
這次是海想見一朵會做夢的雲

紅嘴鳥飛過一座又一座的山
在牠的力氣耗盡前先夢見吃了一點冰雪

醒來已經浮在飄升水氣的頂端
水氣只要離了山谷就蛻變成天上的雲
醞釀許久的夢會跟著飛翔
今天它第一次知道有海的盟約

信使別去牠要尋找另一份差事
白雲像目送情侶輕輕彈了幾滴眼淚
它還得煩惱這趟迢遙的旅程
估量縱谷會有條溪流引路
山脈都採同樣的奔勢目的應該就在前方

只是天空一片晴朗它遲疑了

向下望地面越來越低矮
它無法想像往常那樣摩挲山頂
同伴也都一起逃遁留給它空蕩的想念
正當虛懸的心撞著左邊的峭壁前
夢中的色彩出現了海在招手

從來不曾見識過鉛華
就在都蘭山美人的睡姿上

一叢灰濛的霧扮起撩人的迷戀
有的巴著她的嘴唇有的貼著她的乳房
更多的是緊緊抱住她的下半身
它看傻了瞬間跌入海的懷抱
得到一大落白稠的浪花
海說我跟你來的地方一樣
只不過顏色濃了點
它回答這裡還有韻律的晃動
像母親安設的搖籃
從此海中有雲雲中有海

螞蟻有了擴音器後

小男孩把地圍成一圈
讓鐘聲透不進來
老師走近看見熟悉的屁股
踹它們一腳的衝動改為好奇的蹲姿
驚訝給了列隊在交頭接耳的螞蟻

牠們很辛苦麼
一個問話撩起正要興奮的臉

紛紛停止猜疑心想逃跑
我們回教室幫牠們想辦法
又是一組如和風拂過的規勸
長短影子開始作鳥獸散

快節奏的步伐踏上講臺
老師吩咐黑板浮出一行字
螞蟻需要擴音器
今天的作文題目有譜了
臺下儘管搖頭晃腦

新鮮的話題就是要搏你控剩的版面
終於出爐的繆思
有情話被聽到大家掉了滿地雞皮疙瘩
去搶坦克車是橫豎膽子的主意
漏了嘴解散說成救命
聲聲都安了馬匹在獵物中奔馳
我的耳朵旁觀了很久
決定加盟這次虛擬豐盛的陣容

寫到牠們挑戰我的夢
用一支大聲公吹衝鋒號
然後詩就溜出去監視
那裡面有剛買的餅乾一概不要亂動

螞蟻要自己寫詩

那是詩人說的
牠們挑逗我的餅乾
用一支大聲公吹衝鋒號

我們的反駁
覓食的道路很漫長大聲公正在幫它縮短距離

擴音器萬歲

把條狀的隊伍收起來
我們要給世界覆蓋一張移動的地毯
讓它知道黑色兵團復活的厲害

新法條

別再咬耳朵為對方搔癢了
剛到的廣播已經決定公開所有偷跑的秘密

救援成功

香腸滾進坑洞只靠特大號的加油聲就將它推上去

誰還敢談戀愛

對蟻后的忠誠沒有鬆懈的餘地
私下偷嚐禁果的小心把你的名字貼在空氣中

活作戰策略

吼一聲樹上那隻倒掛的殘屍就會掉下來
兵分多路去圍攻大昆蟲帶著它萬事一定OK
誰敢脫隊肯定叫他不停的屁滾尿流

清門戶

窩裡的焦芽敗種終於可以讓你們變成頭條新聞

最好是這樣過日子

四處找食物效率替它保證每一次的收成
公務在身私事要等空檔像飢餓那般急速解決

總結報告

太陽升起太快我們都忘了還有美好的回籠覺

一條魚的尋寶路線

悠然這個區域忘了那個區域
我們魚的記憶很現世
大的吃小的小的吃更小的
水草也很可口搪牙

隨著黑潮漂流會遇到定置網的夢鄉
還沒有誰說走一趟就不再想遠遊
飛越過去暖暖的陽光給你送行

就像躺在浮浮的海底眠床
有種驕傲舒適的享受不必強迫閱讀自己的來歷

小心魚鈎上的餌
它的撓動是古老的竊聽器
已經讓資料編出一部受誘的歷史
我們魚族成了裡頭首批純純的主角
沒得比的還有蝦蟹的黏纏滑稽

早就勸解無救的小丑魚兄弟

老是偏愛自行翻車去測量出水的溫度
結果餵飽了漁人臉上詭異的微笑
矬矬的模樣正在小學生的畫冊裡沉睡
那是幫倒忙要毀掉大家世世的英名

沒事時我們會觀望
離開家鄉那裡可以找到一顆圓圓的幸福
吞食它的渴欲即將堅實的啟動
如今餐桌上又有饕客在翻撿一片白色的海洋
我們進去試試那最新的口感

舌尖小旅行

沿著九號公路分節奔馳
花東縱谷山水飽含吐露的沁涼
在你的擁抱中補綴了長長的記憶
隨後味覺會從一座廟開始

老店的肉圓探出粒粒彈滾的驚奇
香酥掉的臭豆腐陪你再勇戰一碗切仔麵
蓮花池畔還有新募的農村小炒

歇業去的紅瓦屋經過時用鼻子遙想它的山地美食
回頭到月眉麗荷園飆一頓蟲蟲大餐

返鄉的伴手禮先讓眼睛品嚐幾遍
花生酥裡有情思濃稠的麥芽糖和海苔
帶一包手工香腸給貪婪的嘴巴它最會嘀咕失去的童年
皇帝米也能把廚房的想望寄在沉甸甸的歸途
關山的DIY行程充滿自贖的樂趣
最後敏銳的感覺留到親水公園

舔一口那裡的雁鴨叫聲舌頭麻麻的
目光吞嚥不了滿樹白花花的鷗鷺
有噴泉送來一桌喧嘩的盛餐

向北往南餵過的腸道讓它自然彎曲
把食欲牽回來歸隊
心要駕駛繼續跟餘味纏綿

卷三　花草鳥獸

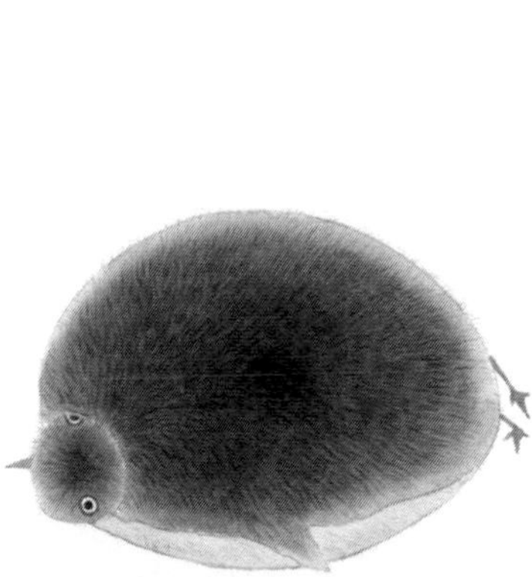

枝上飛

花應該要飛的
如果不站上枝頭抓太牢
恐懼就得給一條生路

現在它化作蝴蝶了
裝扮紫紅的外衣不成也有一身橘黃
改良場還試著為它注射新品種的維他命
只因為有人在痴痴狂戀

搞得它更想飛

就這樣起身探頭出去吧
藍天有飛行的痕跡
躍離一次便可以舞動五彩繽紛的蝶海
慢了自己還得計算從新做夢

怒放它兩季

端不上桌就躲入沼澤
同樣有薑的味道還多出一鼻子芳香
純白的世界裡不能沒有你
任性一點的話春夏都無從拒絕

發怒就放蕩給人看
放蕩過後又繼續發怒
這兒是野地你又以它命名

花不存在無所謂有風就好辦
過路客來摘賞它
氣勢將隨著晉身到廳堂

別讓爽秋掃過
寒冬也不行進來攪局
它們缺乏品味又愛鬧自閉
會弄糊你的格調

可以名貴一點

你的呼吸很濃膩
透出的香氣有沉睡的重量
腳步經過還能踩到黏黏的鼾聲

只是你可不可以爭氣點
自我高貴別叫梔子還有花
至少牡丹芍藥薔薇玫瑰一族的頭銜來頂戴
在園藝裡才闖得出響亮的名號

不必如今還委屈在牆頭一角狂練鈍功

知道你夜越深精神越抖擻
嚇壞樹梢那群失眠的蟬
牠們把你的喘息當作香豔的邀請
來生不妨改個樣佔個好地位

蔓延給你看

菲菜無端加了鐵
披覆的顏色更墨些
這是我的所有別再問學名了
你的草叢他的蒺藜通通禁止強渡
只有我收到一張通行證
枝蔓行延長更便利遇雨就再發
墳頭一抔黃土也得我來給它粧點青翠
應數今生還有更大的任務

黏出符號

比芒草慢出急躁
他們可以滿山遍野瘋成一個旺字
我只守在路邊給你麻麻渣渣的驚喜
黏褲黏襪黏出了氣氛名叫鬼針相隨一生
它是我最最嬌嫩的符號

鹹濕

海菜總名加一籮筐
隨你裝填紫菜海帶頭髮菜石花菜
水草或海藻必須相互隔離
它們既鹹又濕還會滴滴答答
路上的雞儘管觀望含笑
等不到開花時節
最好自行閹割

移動一個灰的世界

放出籠就飛去
一片灰色的翼遮住藍天
世界在移動

忽然掉下一隻
被女孩撿回家療傷完劫
缺了口不給補

室內空間縮小成一小點鴿灰
天天在無力的晃晃

失落了叫聲

稻草人自我放逐去了
彩帶敲鑼鞭炮聲也跑進歷史找典藏
雀兒你們麻酥了麼還不回來

嘰喳過幾萬年突然瘖啞只剩零星忘記失聲

請來客清查禍首列出等級
都說是農藥除草劑殺蟲液聯袂到達的那一天

野地不願作見證後面還有含毒的口

咕

為了獨享一個完整的黑夜
我的眼睛寧願棄守白天
白天太花而黑夜得有人值更
左右邊騷擾來了我都用斜視回敬它們
就是不偏頭以免降低到尊嚴
你看我像不像森林裡的不倒翁

高興時就咕咕兩聲
此外不要期待我會有多餘的歌唱賞給其他的夜行動物

飢餓寫在臉上

野地山丘相約好一片殘敗景象
獅子老虎花豹都在等待昨天失蹤的獵物
臉上寫滿最新的飢餓

那邊僅存的一隻斑馬癱瘓落水了
蟒蛇鱷魚慢動作過來搶食

不再負重後

自從林旺爺爺被帶出去跪地陪祭
我們大象就註定要一輩子改行當演員

動物園那個小導遊只吃一顆石子算是好的
還有某村莊一位聒噪男把他甩出去當場暴斃
誰叫我們的肩膀沒處用僅能拿鼻子發脾氣

騙肖仔

跑到倫敦街上攔車等食物就屬大逆不道
怎麼不是世界末日你要騙誰

雞籠空了水澤也乾涸了
我們狼群抓不到雞仔更別妄想有鮮魚大餐
你說不闖入都市還有那裡可以藏身

卷四　小斗室

什望

窗框上貼著一座山
霧帶來風聲讓它淡入淡出
腳下有森林把海推走
綠島在旁邊遙控
我們清守一方忘了紀年的斗室
沒事相互對看不歌

遊戲房間

前屋主欠你一個道歉
我慰勞你兩杯意象
裡面有咖啡和威士忌

貼牆洞

你敢戳破
就要補一首詩

詩有興趣

迷茫孵一次夜
夢得到鬆弛的撫慰
有花蒙著要開放

新消息

書要去旅行
櫃子說帶我一起走

驛動

那幢久久才咿啞一聲的門板
突然聽到兩人在競賽吹牛
他直覺的把頒獎的角色揣在懷裡
站立在一旁看誰比較厲害

浴室風雲

馬桶偷偷放水窺視
臉被濡濕的地板在進行無言的抗議
主人出來仲裁只有錢能主持公道

手工業

攤開稿紙就會看到阡陌
我是一個農夫用筆練生產
思緒像跑馬燈必須超速追趕
寫了後面靈感來忘了前面
再次回顧又有驀地蹦出的新題材

醒覺

和式地板空空的想去浪蕩
寢具前往陪伴不准它提早滄桑

我日夜隨機在上面翻滾
獲得無數碎夢的纏綿
最後懶怠送來了一堆塵埃

膠布衣櫥

客房兩個空著隨你填充
我留三個調節冬夏
不等它們凹陷就停止餵食

角落迷

書桌旁邊強迫配一張會談桌
訪客看見訝異我退休了還在辦公
委屈許久的客廳急著想要回應
它嘀咕著連在這裡走動都得繞道的人
沒有悠閒的權利

無題

黏不上牆壁的電器產品
統統警告它們別靠近

我的私密空間准許你偷窺
飲水機室內電話和一臺老舊的瓦斯爐
奢侈的配備是洗衣機及朋友餽贈的小冰箱
住進公寓只能這般過活

原來就蹲在窗框上的兩臺冷氣機
買賣計價順便列入卻無心使用
這樣我依然敵視了自己一半的尊嚴

我也想

沒錢給行李拖著去旅遊
學人搬動傢俱彷彿到了世界各地

但見環堵依舊來時那般蕭然
只有幾櫥書勉強可以進去遍覽列國
最後還是靠一路想像完成壯舉

靈感

臥房對準灰天使的航道
每天蒐集它們的噪音
飽滿了想要找機會去釋放
夢說詩人還沒醒來

平臺有話要說

颱風下雨都無所謂
反正我已經抓到一點星光的尾巴
那邊海被綠島浮出來
讓一片森林搶先貼近包裹奪走
我還有東北季風可以吞吐

玄關處

進門風會把你推出來
它在那裡醞釀一窩溫熱
只給疲憊的旅人

朋友暗示擺張板凳好穿鞋
他的眼睛卻從沒坐過

電梯打開有預約的聲音

我去迎接按鈴
剛跨步就知道急切錯了

小鎮無曆日

天灰濛一陣又放藍
雨在夏季集結跟風去戲耍
果香潮汐溪山交錯繪滿腦門

街道行人眼神忘了相問肚臍覓食的紀錄

我絕去報紙電視還有八卦耳語
偕單車漫遊海邊一趟回來

閒閒又過了無處掛搭的一天

顛倒過

沒了曆日可以膜拜
書寫黑夜而產製白天就不算違規
我有一半夢還存在陽光中

訪客

濾掛式咖啡茶包酒你儘管挑
無糖無奶精小菜要去市場買來
自由進出免通行證

大樓前一排小葉欖仁被颱風偷走一棵
記得保守這個秘密熵就會為你敞開

書

上了架的隨你風化
有紀念價值的鐵櫃幫你保存
不想露臉的你就躲入櫥子
我每天巡視抽讀檢查
吸一遍不同的靈氣
筆下的文字便慢慢地長大了

一張半泛黃的報紙

得意後變裝
你是我的巧克力
很甜很膩喊聲很響亮
滿嘴有進口的滋味
無法製造轉外銷
只好請監牢給他保存期限

卷五 列車行進中

在區間車上遇到一張嘴

張著惺忪睡眼的火車進站了
霧絲氤氳到它的臉叭聲訕訕的
一群七分朝氣的銀髮族踏青裝備揹在興頭上
話語早已沿著軌道奔去遠方的晴空

橫直座位交錯的車廂內有一張嘴
它佔住險要的空間使勁呼朋過來閒聊
頂上的髮末透光隨著快節奏的脣動一掀一闔

不一會就攫住每一次第在身邊飄蕩的音符
迅即應聲後又自顧自的加料奉還
相隔一個座次我的假寐阻止不了它激切調頻的昂揚

從臺北起站那張嘴就一併把家中瑣事輪轉在舌間
過了八堵才講到老公懶怠不體恤人心
然後是兩個小孫子成天黏纏毀掉了自己的退休生活
別人有一搭沒一搭的低沉的和著
更激勵它驕縱的言詞射向茫茫的旅程

群山在鐵路的穿梭中捕捉到最後一串語音
貢寮站要趕它下車留給草嶺古道接收剩餘的情節
我的耳朵霎時轟隆一陣失去分辨前往石城掃墓是否夾著雨聲
車出山洞海浮浮的迎來眼眸還藏著幾層薄薄的輕噪

車票我的告白

童年口袋窄窄的
裝不了一枚溫熱的銅板
沒錢坐車腳只好逃票
家鄉前面那段鐵道一直要拒收懺悔
只為了我還在跑單幫賺零用
長大外出求學口袋沒有放寬
返家一次肚子得空出好幾餐飯

兌換來的車票對我有滿滿的愧咎
它知道尊嚴已經比挨餓重要
我看到的還是那瘦小倉皇躲避查票的影像

服兵役的時候南北乖隔
口袋僅剩的錢只夠休假坐一趟平快
那張車票陪我煎熬了無數的夜
被震裂的短夢裡外都是蒸汽聲的吶喊
急切的樣子好像要討回什麼

此後三十年口袋羞澀的張開了
中古自用車在工作地和修理廠間穿梭
爾後變成地鐵公車飛機交替接駁
一一把淺淺的存款吸乾
見底現出的依然有少小在火車上張望的臉孔

現今職場離我遠去了
窮困卻留在東臺灣繼續漂泊
長程車票開往的是一個沒有起訖點的國度
虧欠連結到童年我的清償不會打烊

在列車奮進中一定有詩誌隨行

睏在南迴線

總是在清晨出發
跟自強號賭昨夜凌亂的睡眠
誰先清醒誰去領獎
它一直都不肯禮讓絲毫
狠狠的自個奔向終點
車內稀稀疏疏的靈魂全部陣亡了
沒有人打開耳朵看一看窗外的山海

風在呼嘯白浪破碎於沙灘上
就像自己行走的故事
來來回回的說著它有一天要請求下架

列車長踅過一趟後神隱
廣播枯澀的留給清潔工去代班
她一張嘴詞句就漏風
前後經歷三次頓號才把靠站名唸完

大武過了隧道迎來枋寮

回程會一樣蕭索漫長
到高雄還要分散路線找標的
只見臺東在地圖上搶歸屬

想想兩三小時淡淡的旅程
瞌睡斷續的背著前去又馱著回返
不知所措的雙腳開始感到慚愧
它們計畫聯合季節徒步尋覓
那些被跳過去還沒認出的風格小站

讓它狂飆

測好最舒服的間距
它像一枚加長型的子彈射出
在墊高的軌道上奔跑
有如準星的兩條增壓電線垂直相牽隨它去穿刺目標
我是那被擊發的火藥從槍膛快感到曠野
黑夜白天焦急的交換速度
你看不見城市依偎著身後離去

窗內窗外是兩種彈性輕盪的風景
綠絨絨的田園要找回早已沉寂的夢
我用染白的清醒跟它對望

誰說的未來正在掙脫多重的平行線
先到達的抱走惆悵後到達的挽住空洞
沒有你要多餘的昇華會從連結的車廂縫隙溜逝
望不到一支冷冷凸出的探照燈
我可以回饋它閒閒怔怔的心

旅客晃漾的眼神不必觸摸前方
超越規格的律動即將載你去衝鋒終點
平穩是射程連帶的保證
咻咻後仍然有微微的細蹬
我無意參與它跨國歷史輝煌的評比

假寐片刻最快抵償一杯缺席的咖啡
那是眾人喁喁的渴盼還有車站孤單的告白
你可能忘了它南來北往只為傳輸一包冉冉的怨氣
在爆開以前經過鼓風深烙已經回不去起點

我緩緩收起剛被擊中的快感兩腳要快快的下車

拚隔道

使出吃奶的力氣向前衝
人家直通通的宛如一啟動就抵達
你得蜿蜒蛇行又鈍重的仿效龜兔賽跑

搴旗手勇敢一點臨風盡情吆喝
也許高歌兩曲便能撞見勝利在眼
別理會旁邊那傢伙的冷嘲諷
等地震了他就必須出讓緊握的獎牌

風霜煙霧齊聚來淬鍊惰性
前進一節競爭力就升級一格
剩下的戲謔神會去接收

月臺少了興奮的人潮
你的專注只在遙遠的地方
啣走他們是今生推不掉的使命
縱貫道有稍欠完美的組合

列車長過來巡視他的領地
一邊查票一邊預卜旅途還十分漫長
乘客的疲累只想跟時間一起入眠

我依舊陪著你傾聽大地容顏的變化
盡力忘掉先前在隔道快速孵出的感情
隨車小姐一趟又一趟的叫賣聲很黏眼睛
她不知道我們都在目測拚搏的距離

你又洩氣的靠站了

嘆息留給背後那過長的負擔
沒有人在意消費你的呻吟

我助你一把
待會出站後心幫你風馳電掣

平溪線的疊影

山區一樣被煙雨佔據
柴油車悠悠忽忽的駛進它的寂寞
我帶著非假日搖晃在空蕩的車廂中
前去發現半個多世紀前的自己

八堵背著轉驛雨港的威名
無夢可以跟它對弈
瑞芳小駐是少小以來消瘦的成長地

掛念都給鄰近不曾縈繫的猴硐

車過三貂嶺沒人招呼
寥落只能接走狹仄貼壁的月臺
我的心還想摩挲那印證老去的苔痕
映出曾經在此處躑躅等待的童年

大華睽違更久了
父親來採煤帶回去矽肺症
晚景都嵌印著漆黑坑道的煙塵

不敢回首那裡有嗚咽聲

沒發達時十分就裝滿了礦工
我的學齡前一小段歲月也出售給它
痛苦歡樂都在山上礦場父母租賃的木屋
當時看見的每臺運煤車只有窮困兩字

望古過去是嶺腳
四叔娶妻我配角負責閒逛
後來知道闊瀨祖厝要從這裡開始尋根

現在一瞇眼熟悉就跑掉

天燈的故鄉誰炒作的
平溪說過它懶得去辯解
有一窩親戚也在舉雙腳納悶
讓外來客莫名的點燃驚喜

終點站菁桐還在尋繹命名的由來
小時候數過的臺階卻遠杳了
影子疊在影子上的依然是那間我們常去賒賬的商店

如今眼前僅剩迷濛的山谷和失禁的風

車廂風景

一列火車啣著朝日出發
外面天空很藍山很綠
車內還有迷途的霧氣不肯離去
乘客惺忪的睡眼開了又闔

火車才在奮力衝刺
我鄰座的男子已經悠然的夢到了周公
汽缸噪動的聲響把他的打鼾聲震成粉末

突然聽見廣播他醒來急著撿拾剩餘的碎片
環顧周遭沒人反對又呼呼睡去了

圓拱型的間隔堵在眼前
讓車廂保有不想通暢的隱私
一群棒球小將從邊陲準備去包圍中心
在走道奔跑提早抓取勝利的獎盃

隨車小姐兜售完飲料又賣便當
她秀麗的臉頰塗了一層厚土

想像親她都不知道要選擇那一塊
還是棒球小將精靈
買過口香糖再問東問西
為了黏她乾脆離開座位幫忙推車

前頭那位胸部挺拔的女郎
如廁一次總要猛甩長髮飄香
看著她的背影感覺車子搖晃升高了三級
另有兩個小女生同樣來來回回
她們頂上的辮子將大家的視線擺盪得像一艘船

嘴裡還不忘連續噴出尖銳的笛鳴
最慢起身溺尿的老先生
一個趑趄差點撞到了兩百歲
窗外景物自動倒退彷彿在為他歡呼
終點臺北站我的遊興有三分昏濛
看一眼腕錶剛好正午偷跑一刻

迷速

鳳凰旅遊也是鳳凰級的
一趟滬杭高鐵附送一趟磁浮列車
把江南豪華的感覺帶走

那天從杭州瑟瑟啟程
電子搜身不給優待
我喊了一杯咖啡誠意很淡
彷彿還在恨動車追尾

只為伺候一些裝闊的大爺

飢餓巨國最喜歡拚世界第一
任它大象走進瓷器店的嘲諷已滿天飛舞
就是要踏震給人看
會碎掉的也由不得你零星保存

兩段沒有經過剪接的車遊
在增速中偷吃你我攬勝的閒情
大前天才警訊今天就要放它過去

背後有濃濃的嗔怨

吳儂軟語散散的
混搭後只想念古早的傳說
勞動你的視線仔細聽辨

來此不為剛拋擲脫略的品味
采風異鄉卻能自行潛入時光機的航道
烘製成一片滾燙的霧

我們都在捕捉晃悠
裡頭有隻駭怕跑掉的兔子
牠從眼睛躍出窗外又黏回椅背
從來不肯進去睡夢稍息片刻
待會靠站我再逮牠來辣炒或紅燒

內灣線的遐想

尖石一場大水奪走一條文學步道後
遙念就算是今夏最殷切的夢
當蟬聲高唱我去償還自己的足跡

新竹的風剛睽到淡薄的陽光
一列電車匹配一列柴油車
蜿蜒的駛入山區有伐木的浩蕩
被太陽旗掠去的資產孵出了半截山頂

瞬間發作的極短篇
把乘客硬擠成扁扁的人牆
那個耐看的姑娘逼我派她主兇的角色

節奏才到第三次艷羨的痴望
她就咬了一個壯漢的耳朵前來尋仇
男主角掏槍抵住對方的憤怒
一隻肥手從他的頸領迅速降落
嚇壞一車驚呆的嘴巴

讓那支完成威脅任務的假槍下車
我的詩興要曲折上場
它在終點站包到出租車一路覓蹤
深入有泰雅人的祖靈在發放通行證
終於會合了那羅溪畔一座復活的文學林

帶走新碑碣的影像重返內灣
吃一客冰淇淋為完夢解渴
坐上車寫過小說換吟詩

來時給你二十秒回程要一行遐想

南北雙拼

先到的讓藍天搬進捷運
圖你一車清亮的藍
後來的也給綠地織入捷運
換成渡你一車蓊鬱的綠
大家都很吃力上演一齣人間劇場
港都對首都戲碼天天在變
車上車下各有痛苦歡樂的指數

好處佔多的一方請把驕傲藏起來
出了地面大家都同樣蕭瑟

路線還得分配給其他顏色
進去坐一會可以想像平衡的況味
說再見後別回頭敬意容易萎頓
它們也不願意讓你發現更多的傷口

地底世界有一半是為過去儲存的
科幻或現實只嚮往未來

你我躑躅中途最好忘卻自己正在流動
從城市一條血管竄到另一條血管
濃稠的黑吞噬黑的濃稠
沒有一種寂寥能夠跟它呼應
我們爬出去就等於完結了哀憐的儀式
時間會通融慢點為它下半旗
今天便捷了怨悱的傳遞
不知道明天能否催促你稱意的飛翔

它們的祝福仍然埋沒在暗地
彼此拼成一對還在落難中的政治符旨

娃娃在長途列車上

臺北發車後
沉澱的黑暗向兩邊退去
沒有歡悅的臉色

一對夫妻訕訕的不說話
他們的小男孩已經站上坐位扭動身體
幾番勸告不成索性假裝睡著

小男孩得空在旁邊無人的位子爬來爬去
嘴巴哼哼啊啊吟唱著從幼稚園學到的歌曲
他的爸爸無奈醒來翻閱雜誌沒看一眼
隔著走道他的媽媽乘機去搶奪他撥弄的東西
抗議聲在喉內轉了一圈後迸發

整車的人都努力想要進入夢鄉
試著忘掉太慢飛馳的光陰
興奮還在最遠端的地方等待
沒有人可以早一刻擁抱

我全身的細胞都跳盪著小男孩的影子
駭怕他碰撞的聲音沖積成一場災難
兩眼閉了隨即又睜開只因為他急竄來我臉龐擾眠
連續五個鐘頭只暗自驚悸一個不安靈魂的增長

終點站臺東到了
我走在前面爭吸一口蔚藍的長空
背後傳來小男孩被打哭聲震天

跟火車比食量

每一趟晃掉的時間
都足夠給胃進貢一個便當
安穩的消化於全程裡
到站我離去讓車空腹喊飢餓

便當裡面的米粒數不盡
鐵定贏過車廂內黑壓壓的人頭
還有排骨魯味時蔬等陽春的配菜飄香

它卻只叫了一味乾枯的行李
想著我就從腳底興奮起來

食物即將通過纖纖腸道
在迴轉中享受最鮮嫩的撫慰
車只能把吞進去的東西震盪於直衝停頓中
我的快感不必靠廣播也能自己證明

美女走過來胃口會睜大
它沒有福分我的知覺全都錄了

這將會有一頁傳奇鐫在乘坐的時空
你說的醜男和他不受調教的鼾聲
我當那是可有可無的附餐
車則要被人綿長的嫌惡

進貢到胃的便當
可以掩蓋北東來回拋棄又拾起的次數
最後食量還得意的發現
我比火車能吃

這一節車廂客滿

臺北出發還是熱的
然後慢慢冷卻
窗外的影像跑進來
垂釣朦朧的眼皮
才勾住又隆重的被它闔上
直達宜蘭站時間忘記流動
旅客擠不進這節車廂

沒人醒來餵一眼飽脹的顛晃
夢鑽入隧道出來變成一片汪洋
沉默還在滑行

花蓮薯搶先嗅到商機
鈔票卻來不及跟它的甜香覿面
放走兩個空位補上一家老小
每張嘴巴都在挑逗午後的悠閒
終於叫醒了整車的喧嘩

那幾個放膽拚場的香港仔
把外面的藍天比劃指點了無數回
兩眼好像吃到魚翅宴配菜是高分貝的廣東話
旁邊難得翻身一次的包裹
獻出它們的零嘴從前座咔嗞到後座

草莓族早已復原跟手機螢幕連上線
他們點閱自拍換位觸碰旅途
讓還在興奮的東海岸美景跳進又跳出
震得鄰座恍惚打盹的老婦人耳朵著急的想去解放

玻璃窗上貼滿心思過度騷動的印象
車繼續唱名
壽豐光復瑞穗玉里沒人點播
那一家老小自行靠站離去
座位過了富里池上關山還有餘響在跌盪
我回程的興致一路失溫到終點臺東

卷六　天涯履痕

海峽兩岸交流史

憑空一聲響雷
綠地嗆開藍天漫布的雲霧
政治解咒錢去吹衝鋒號
旅遊探親投資貿易搶先上場
通郵後物流也發了

媽祖搭機到湄洲進香
回程意外聽到請林默娘小姐登機的廣播

笑話難忍改坐漁船前去闖關
顏面過不去就促成小三通
金門轉口嫌麻煩還是讓飛機直接落地
兩岸交流逐漸升級有聖母一份功勞

去多來少刻板印象留在對方腦海裡
長榮班機上一名大陸客想討茶水
空服員愣怔慢問先生你是要茶還是水
得到的反應夾雜著高八度的不解
她無奈給他滿杯酌磨過的熱茶

轉身卻聽見一句悻悻的話語
真搞不懂你們臺灣人為什麼那麼喜歡搞分裂

大陸富起來了
酷似一個窮怕的暴發戶
偶爾施點零頭小惠教人無地鑽洞
那位拄拐顛巍巍要過馬路返家的老先生
重歷了四次還在街頭窮踱步
只好假裝屁股著地大喊誰把我推倒
強攙扶的人一哄而散

他終於獲救回到了老窩

陳姓商人把鈔票堆出一片牆
從中抽取幾疊灑向臺灣
傷了無數島民的感情
聽說他又興沖沖渡海洽購美國的報紙
碰壁回來還不知道那跟人家的民族尊嚴有關係
胡亂撿拾西方資本主義的唾餘
換來這副歪歪扭扭的德性

百萬投機客
一邊輸誠一邊複製臺灣經驗
讓那部怪怪的車子啟動了
東西南北衝撞一回
吸納殘屑再駛向此岸
多嘟幾聲更大批人會舉白旗尾隨而去
渾然忘了一群粗暴的寡頭正在重演明鄭的歷史

江南行

寒滄還在秋末的樹梢醞釀
夥伴的邀約就給了一次鳳凰的高翥
浦東的迎賓很驚炫
綠地隱入水泥叢林走失了去向
南浦大橋上那個誤點背後有一隻顫抖的手
它把半黑暗帝國喚醒
命令快速安裝翅膀學人沈重的飛翔

旅程直驅周庄
有水鄉卻少了澤國
搖櫓的女郎只知道用歌聲索價
雙橋上人影幢幢
都聽膩了沈廳張廳迷樓塵封的故事
正在尋找失落的自己
保住一家人頸項的萬三蹄
原來是煨不熟的客商的鄉愁
嚼入腸道油在心裡

天蠶絲綢點綴的蘇州園林
楊柳已經蒼黃池畔
殘荷敢情也戲弄過了仲夏的雨聲
獨自遺漏於地陪的錦囊內
她總在痴想紅樓夢裡的才子佳人詩心要有絕處棲息
就輕許拙政園的主人出借一個模本
卻忘了那三里半的省親別墅只為見證貴族的沒落
然後人潮把大家趕往古運河
乘船去寒山寺慰問一曲楓橋夜泊

張繼站在碑林靠分身敲鐘結紅絲帶賺門票
出來蘇州博物館配忠王府又有新的賣點
貝聿銘的名字紅上了那一堵堵的白牆

夜宿杭州跟張藝謀的印象西湖相遇
白蛇傳在冷風中從水面浮出
想像都被聲光科技震撼劫掠而去
回程瞥見岳王廟寂寥的矗立在邊坡迷濛中
晨起包船遊出雙堤淡淡的秋景
遠眺雷峰新塔消磨蘇東坡的飲湖上初晴後雨

在三潭印月島踅一趟折返
雜遝的人聲早已叨去詢問林逋幽居的心思
他的梅妻鶴子還沒有從記憶中出走
最後在西溪濕地留下一片惘然
那裡的紅柿永遠解不了對古老人間勝境的懷想

重回上海進入時光隧道
誤闖灰色的一角遇到半套的紓解疲勞
恍惚中豫園的奇秀在隔天透光
那兩棵伸出龍爪的槐樹連結到了一名刺客的犧牲

史家總是可以為他聯想最佳的結局
纏來繞去的商城終於搞丟一座城隍廟
嘴裡饞著美食兩眼找不到地方用力逡巡
夜晚再去田子坊迷路
想起剛來就錯過了百年的十里洋場
ERA時空旅行的表演填不滿裡頭悠悠的牽念
在東方明珠塔上又駭怕踩空
坐著巨輪穿梭黃浦江一邊黯然外灘一邊耳語新埠
歷史到了腳下無心萬種風情

失眠在最後一夜突然解放
半天的自由行從地鐵鑽出頹喪在世紀公園門口
去世博沙特館聊表晚到的心意
旁邊還有尼泊爾小號的遺留
它應該習慣了隔鄰中國館那龐然大物的欺凌
傍晚享受完哈瓦那酒店頂樓那杯超值的問卷咖啡
讓磁浮列車載走江南零售的記憶
遊興要安然的返航
別了仍在窺伺海上一條地瓜的那隻金雞母

打狗第二響

——驚帆2013

仲夏夜有夢無夢
都已經過三十幾度春秋的定格
它想逸出來透光私了
後面還有無數痴迷的眼
正在追隨一段記憶

那時節自我虛擔的硝煙剛散去

行伍生涯原是兩節兜不攏的音符
一節守著蒼白一節無端地的飄零
你我聚合在故事末尾的醺醉裡
愛河初到黃昏燈影把閒愁啣著忘了釋放
餘心想高歌歲月卻不許只能給沉重
徬徨無人的步道兩腳早已自行走在回歸的路上

杏壇又是一座蕪亂的山丘
闢了眼前的榛莽還有巨石阻絕
果樹渥著不曾熟透就急忙的被迫轉讓

日子記得的盡是模糊的臉孔
當年紅樓純潔的盛傳裡有隱匿跌宕的餘緒
披覆一身後終於知道搓揉世道的艱難

給我們駿馬圖騰的先生獨自駕鶴西歸了
他來不及看見孫權的坐騎還來現世分身奔躍
卯足勁馳騁是命毀譽讓蒼天最後把關
延續大道褰旗的榮耀先到終點的人沒有昂首呼喊
回頭望去還有斑駁的腳印在簽結未完的情節

我漂泊的國度靈魂不准提早打烊
始終還想維繫一個唯恐失重的夢魘
它穿過了無數的時空停在當今黑天使駕馭的地球
日夜糾纏著紙筆寫滿對自己隱隱的控訴
人心部署的蒺藜已經透過全球化遍地繁殖
沒有傷痛經驗的生命都要被割破醒來
歸還給我的裡面有全然消蝕容顏的代價

不願虛度的執著記在個人彩染的扉頁裡
名駒一躍可以驚奇正如風帆電掣在無垠的波濤上
前去還有來來世回首是為了熟悉那個曾經烙紅的信心

如今踏入驛站先歇息的人得到一聲嘶鳴的獎賞
原來過眼雲煙的往事都不再是雲煙過眼
一旦站上高崗俯瞰訝然身後仍有萬紫千紅的景象

東道主把約好的相聚從愛河移到左營
蓮池潭也能夠勾起我們想念遠年幾許青衫聯袂快遊的雅興
攏總來為這進出打狗吹起的第二響溫習曲調
會早了見證友誼遲歸的包辦相思

在臺中媽祖守護地

——鷺帆2014

延長黌舍五年的歡聚
約好大家輪流作東
避熱去冷揀個戒酒的日子單挑美食

今春續攤在一黃二陳的家鄉
火車沒有負重愁緒直接開到大甲轉乘大安
再度相見一晃將近四十個寒暑

說不出的愛戀都給眼前陌生的風劫去
走出車站後詩才想起昨天就抵達了

主人殷勤放出的魚雁連綿註記
有海邊觀潮鐵砧山攬勝鎮瀾宮隨機參拜
你要去的景點都想從地圖跳出來
熱情到了這時節紛紛加碼投入旅程

別後無恙通好懷念可以增衍
走出職場的要給祝福裡面有自己的未來

還在崗位的請便年限會幫你保值榮耀

記得當初生澀來到此地
媽祖繞境的新潮醞釀遲了十幾年
獨有國姓爺的劍井故事點滴在日記裡
躑躅兩天後雙腳離去心留著
現在重逢輪廓還有幾分纖小的容顏
只是高漲的建設已經超長輕漫我的胸口了

一次餐敘兌換一本年曆的相思

往後我們仍得用信念證明驚帆的耐力
那是不停的船也是無所繫縛的馬
標的會在天上聖母許過光照的地方

成功聽海

——驚帆2015

粗夯的一句邀請
來去臺東給你成串跳蕩的音符
俗擱大碗驚喜寫在包著果香的路上
儘有生鮮的眼看也會飽飫

縱谷遙望海岸
吸過山嵐就翻身去穿透滄浪

兩條平行線讓你結出系絡
交集後裝一袋蔚藍回家
那裡面有甜甜的記憶

驚帆又輕揚了
這次要小駐新點的成功
主人孵了一棟農舍
召海來守候寂靜的日夜慢飛
你的耳渦又多了兩層浮漚

優麗閣是歡聚地
微醺在新澎湖海鮮餐廳
晚會要數數一年零存整付的情誼
續攤的腳本歡迎自己編撰
大家隨意不計時

表列的遊覽參訪
隔天請早看日出閒步
你會重溫到沈文程的行蹤
自加的旅程是兩座島嶼

它們等著分享溫泉和早到的飛魚

聽夠了此地的波濤
東海岸許諾的一頁傳奇
已經填滿你盛意灌溉的字跡
來年移去他處一起咀嚼

今剩餘

——記第一屆臺東詩歌節

後山依戀後山的歌
響起一首遠古的聲音
記憶要啟航
流浪的人都來取暖
縱谷有冬陽看過
洄瀾隨著黑潮南來

在鐵道說廣場後院的故事
曲子還沒有燻黃
東海岸已經飄出迷香
黏著藍天出征

青春網羅的大地
一條溪皋南的蜿蜒
吟遊在洪荒的災變過後
山河好底先望
潺湲允諾水寫一首詩

燭光嵌進歌的依戀
流淌出影像交疊的稠密
薔薇深層的綻放
細語一小段的天籟
獨行女聲婉孌的貼近

土地唱歌了
——記第二屆臺東詩歌節

遙祭不了遠在汨羅沉詩的情節
我們在東臺灣一隅高舉歌唱山海的火炬
兩座島嶼瞇著眼睛聽見了
海風和香料共和國及原靈的邂逅

行經一年詩樂飄蓬的國度
繆思決定再次化身吟謳大會的使者

點亮鐵花村的詩劇和喃喃的鄉愁
孵出午後鯉魚山旁天空的一抹蔚藍

小劇場讓你看到後山的滄桑
電影院裏包辦幽暗地道的小旅行
園遊會彩繪詩跟拼貼一起飛翔
夜市飽飫後別忘了核去核從

尋樂從一臺單車開始
兩條山脈已經遠遠在見證你的行蹤

吟遊就好不必携帶吶喊
有幾隻蟬正在為盛夏醞釀潮戲

詩人對話擦出野地翻滾的火花
把創痛和呼吸分享給音樂家
如果最後一塊淨土也瘖啞了的主題很驚悚
從現在起我們不寂寞它就會開口唱歌

吹大風

——記第三屆臺東詩歌節

詩人掂過時間的重量
他要起興的第一個句子
歷史是風吹成的

享國就有風謠從民間消磨你的權力
溘埃風給行吟澤畔的人別急著終結問天
那一陣清掃完戰場的大風赤帝子將它帶到沛縣教童兒看守

四百年只出過幾個壯士應和兩回後又淚灑江山
南渡偏安還得加猜一場初雪不如柳絮因風起

吃了鱖魚才知道斜風細雨毋須歸去
羌笛如果想要埋怨龍城飛將肯定會叫春風不過玉門關
今宵酒醒何處詞客說楊柳岸曉風殘月
唱到盡興無妨一生落魄回家前就已無風無雨也無晴

韃子的鐵騎把四季的風趕進勾欄
詩濕了彈不出一闋除魅有溫度的旋律

草莽英雄再度現身背後的罡風到處點火照亮大家蒼白的臉
眼睜睜看著紅樓夢沉風流冤孽飄散心又焦了一半
惹得翡冷翠的詩人微慍的說我不知道風是在那個方向吹

一場誰壓誰的辯論還未了結
西風就強行登陸把東風擠到邊邊去
讓你的詩呼吸一點自由的空氣後
它就要宣布節奏征服格律成功別再留戀自己的故事
客居東南一角突然聽見又起風了

那裡吹鐵花村代答是後山的變裝秀
風向四面八方討詩心詩趣詩樂詩舞放走詩魔
部落南洋太平洋風颪相連一起佻蕩的吹拂
別了汨羅君我們在玩後後現代的詩歌節

白頭翁告訴你詩給青春包養了
風吹大地不必預告詩和鄉土是一家親
行動詩搶先在風中埋藏炸彈要讓文字粉身碎骨
又見東風會摸到文創入詩後高貴的身影
絕佳風味教你吃詩兼衝浪

詩的極地來了一對魄殤風掌聲太大請先拭淚
妖聖悲喜風允諾都可以概括承受
壓軸說要療癒詩和催促新生的是今天的起風人

晚風西風客家風東風古風今風歌了就發
詩人把變重多出來的時間挪到最後
結束的句子有什麼時候再吹一場大風的小小貪念
風沒有吹成的歷史還是歷史

文學在寂寞步道中沉吟

一顆心逃離鐵皮屋的捕捉後
發現文學躲在沒有人煙的地方偷偷發芽
笠山的主人讓館藏完成他人生的歷程
屋外還有亟想喧嘩其他餘緒的文采
每個喊聲都抱來一尊石雕
面向你拱出兩株青蔥昂首發願一定要萬古流芳

歸還鐵馬告別美濃慰勞的板條

輾轉給客運車整個捧去尋覓一條臺灣詩路
它隱藏的樣子很長條
上面的波浪擠出一次就有一名詩人裸身翻湧
遊客不來他們自己逐風跳擲
嚇得旁邊的荷田越長越加驚惶
驟雨趕場連字句都跟著飄浮煙濛起來

路在嘴巴上結繭
找到八卦盤桓中作家的名字
他們從邊坡走上去很艱辛

一張歷史年表泛著時代的蒼涼
無奈銅鐫還要代它保守墨綠的溫度
容你覲面後給個復活承諾
我尅趄的姿態鐵定錯過了一場忘年的歡會
來這裡只能撿拾半片的風景

烏日拓荒的故事渺杳了
圓牆環繞的公園角落有文學單薄在圍堵
它們稀釋過陽光又自行漫漶
眼前那條被多角解除記憶的小溪

暴雨過後就不準備再清晰一次
我的徒步要放逐剛許的眷戀

楓橋夜泊向隅引著張繼的筆墨進駐
文化中心厚了古人有點錯愕
踅過去國美館的碑林在艷陽中痴立
字寫活了名家想說什麼請你猜測
文學到了都會區一樣蕭索

那羅的群石嵌了政治人的花名

大水沖走舊鈍的又來一批灰黑的新尖
特小號的文學林仰頭看天
溪在旁邊嘮叨陪伴
走累的山在你停頓陡峭以前不必催促
它們早就吶喊過了
越界的閒雜人等會得到一份黃昏的同情

就像自由廣場的外遇
詩擁有一座公園
名字小松江

企業主贊助給的家窄窄的
他們忘了過問誰來消費
大理石板決定再一次沉默
讓躺在地上的詩人去挪開遊客的腳印
晨間跳扇子舞的老太太突然驚叫
她踩到了一句詩

砂卡礑跟勇士的名深入
一道溪流從裡面低調的走出來
看住少許各地竄動的姓名

文詞不能對你微笑美感
它們委屈了十幾年還在企圖擺渡
多一分逼迫就會少一分氣勢

詩人都被驅趕爬升都蘭山
不為誰的祖靈只因綠島橫在眼前
一塊平臺有他們遷延點逗的字
藉著風呼喚海詩魂卻頹唐了
沒人來探訪太久大家密謀要集體瀆職
背後那座觀景臺滲不出幾條慰語

閉關人借住十天禁食想跟她的神商討
離去時胸懷注滿真氣
詩仍然蒙在霧靄裡岑寂

附記：為了寫一本談文學服務的書，特別走訪全省各地的文學步道，所見文學遭冷落的情況多有不忍。一些置於偏遠鄉間的，乏人問津已可想見；即使能僥倖進入都會區的，也因為被刻意半藏跡而難以彰顯它的存在意義。此詩所敘，或可激發大家重啟「有效布置文學」的議題。

蒼茫中孤星發起

——送俊頎最後一程

天亮了
漫漫長夜已經過去
你將帶著一半的夢想獨自遠行
身邊命運給的包袱變輕了
腳下的路有五彩的祥雲陪伴

幾年違和你在霧中狂奔吶喊

如今跑出了迷濛看見前方依然煦陽當空
那是來時的情景也是風雨過後上蒼補綴的笑容
你可好好感受別讓怨念偷渡回頭

手術刀劃開你的胸膛前夕
電話響起那端還在急喘著氣
一句姊你買的水果很好吃就把這頭的眼淚催了出來
知道院方的禁食令抵不過你善體親意的心腸
最終沒能喚醒沉沉睡去的靈魂
只好在你的床畔許願來生再作一次姊弟

老歌不斷地流淌
在耳際繁衍成河像海
一首首全是你蒐尋來拷貝保存的
從年輕到中年的回憶都在裡面
你拉南胡配著大夥隨興的琴韻歌聲
還把忘年的歡樂填滿家裡小小的空間
那將會是懷念你最動人的一頁

二十多年來你設計的橋

時髦的容顏成了替你自豪的新樂章
最近一座光雕的搭出新北奇炫的地標
讓你的名長留在人間
沒有遺憾不必愧對前行的號角

爹媽不捨你哭乾了淚水
你的妻子兒女可憐從此痛失了依怙
兄姊親友的哀傷悼念早已化作一聲聲的子規啼叫
沒有你的日子大家會用祝禱懸想
接續未完的志業在另一個世界

你是天空蒼茫中初發的一顆星得好走

附記：內弟李俊頎病逝，作此詩悼念他，內人一起署名，由內侄李元顥作成影像，於追思會中播放。

卷七

進駐非非想地

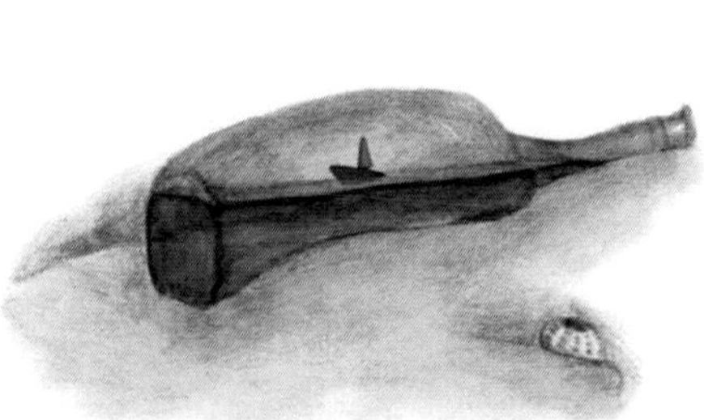

如夢令

看過海隱隱的怒吼
砂岩鋪成的步道終於可以長邁了
東來不就為了一次忘掉的喧嘩

卑南溪口幾時不再捲起黃沙
季節風的腳步成排的蓊鬱聽見了
只有一條亙古不動的巨龍自我藏進灰濛裡
它忘了觀望眼前兩座島嶼當期的頷首

街道吃進緩緩的人潮
沒有吆喝從倉皇的嘴裡跑出來
輕盈後的漫步特許給你最新的消費
咖啡正在發表它陳年的濃郁

店裡小坐多餘的情節要卜算故事進程
一起遙想到了現代扮裝的羲皇上人
他手拈空悵心滿滿的在啜飲杯底的欣遇

對準頻率

一隻狗貪婪地磨蹭著那堵牆
行人讓開小小的通道給牠飆高的氣勢
來回又是一趟驚悚的緊貼
牠正在用身上的氣味粉刷牆角

隨後四隻腳慵懶的把背脊拱起
尾巴逐漸騙過股間的反動自己微翹
牠開始要監視風吹拂的去向

前面的巷弄剛好有陽光調剩的閒逸
寂靜從邊地漶漫過來
帶著午後空氣中輕輕跌宕的花香
尋覓到了盡處記憶發現
一杯咖啡的氤氳勾住我的相思

咖啡與詩的交響曲

肯亞AA

來一趟玄奇的旅程
黑美人珍藏的心實有甜甜的酒香
給你全新水洗的口感

克里曼加羅AAA

爽快要奔回坦桑尼亞
吉利馬札羅山遲遲不肯拉高海拔

興奮留在莫希它想把火山喚醒
濃稠的油脂吐出狂野的香氣

衣索比亞耶加雪非

轟然一聲巨響
迸發綿長的檸檬和茉莉花香
嘴裡吞嚥福氣到鼻子

浦隆地AA

濃郁都賒給別人了

中緯度酸甜的餘韻自己保存
准許你攜帶巧克力堅果獨自去旅行
遇到來人記得問候一聲
沖泡浦隆地了沒

安提瓜

瓜地馬拉還在燃燒菸草味
它很享受三十年前活火山的警告
被薰嗆的漿果偷跑出來尋找私密救濟
贏得中美洲一座典型獎盃

薇薇特南果

雲霧迴繞微微
圈谷中長出苦中帶甜的滋味也微微
續杯想像高地的風光不微微

花神

獎杯給過了安提瓜
醱酵從瓜地馬拉從新布局出去
瓜果焦糖蜂蜜冷杉香氣一起呼喊藍天

勝利停在花俏多變的鼻腔
它正要經歷一場紅酒酸甜的洗禮

拉米妮塔

點你個冰冷如石
奉送清澈像風鈴聲的美譽
醇度是一杯太妃糖巧克力的獨特配方
極品來自世家的血統

哥倫比亞有機認證

博了許久的感情
終於把淺焙中焙的品牌刻成一塊碑
要你感覺通氣後強烈的吃驚

巴西天然漿果

滑溜的稠度給它保證新鮮的乾香
我的濕香討到了曼波微揚的檸檬酸
烘焙和天然劃一條線
獨佔或分享全憑杯子的裁決

曼特寧

聚集最新的青草香醇
重口味的老饕飯後品嚐一杯
甘苦人生都回天了

印度風漬馬拉巴

野性到街上來招搖
帶著土壤香熟麥香菸草香木質氣味
它要賣弄胡桃木率領的辛香
讓季節風乾漬的歷史凸出地表

宣告這不是調情時刻

曼巴

印尼曼特寧配巴西黃波旁
記得綜合特調的姿勢
甜順入口讚美得要滋滋有味

特調義式

濃縮的明亮鬆綁的多一份甘醇
摩卡拿鐵卡布奇諾有點就會應到

冷飲還讓你看美式和西西里的冰點
遇見耶加雪非也可以跟它哈拉

二分地四季速寫

薄霧輕漫的朝野外聚攏
合力孵育出一個季節的青翠
白鷺鷥用牠的嘴在水田中垂釣
仰首看到天空靦腆的笑容

蟬鳴從一片樹林颳向另一片樹林
燠熱的風裡有唧唧的波浪交錯纏鬥
午後一臺割稻機橫掃贏走滿地的金黃

幾隻麻雀帶著莫名驚嚇僅剩的膽量去賭注
預見豔陽的烤炙自己懶懶的回應

黃葉寂寥的飄離枝頭
紛紛在尋找汪洋想溢出一艘小船
還不到颯颯時節的風吹亂了頂上的彤雲
一對黑鷙飛來巡視牠們的領空
背後拖著半截皴過的航道

北風從兩條山脈間逍遙的穿出

點收第二季的穀子後又給大排大圳分布冷峻
環鎮自行車經過崁頂別忘了放一條線
里壠的主人有滿握的溫暖在等待

第N次驚蟄

響雷敲醒春天的節奏
呻吟聲把連線的感動翻出雨露的滋味
然後一起哼著旋律活跳

眾鳥聯袂到了
叼起一條又一條興奮的蟲
牠們要祭拜失落許久的欲望
清廉的和風從旁邊吹過

新芽站上林梢探頭在瞭望
花草趕著跟它唱無聲的雙簧
蝴蝶舞蹈還要跑一趟龍套
票戲的老饕留給盡處的那座土丘

幹活啦雙手
太多嘴巴忙著吆喝你們種一棵青嫩
四個月後捧起歡笑來收成
小城的故事正在擴編

年輕的去衝擊夜色
白天的公車上讓給老人消磨閒嗑牙
他們都在測度走丟的歲月

邂逅

藍天催促著一片白雲離開
它的尾端曳著兩串穿絲的詩句

一隻午鷹出來叼走盤旋的那一串
揉縐的那一串輕輕地想把字詞放走
山風撿到飄忽的寂寞

詩句還在閒蕩

餘韻嵌著豔陽浮浮的劍光
告別是重逢的最新儀式
返內旅店用幾分清醒寫真
吟誦救回了一句你去等待另一句

觀外觀

搖落的不是松風
有旅人結伴坐忘毛細孔在監看
那邊的亭子邂逅了一句詩
裡面儲蓄了青山素顏超時的嫵媚
對覷一眼雙雙都說相望兩不厭
籬笆內的橄欖把愛伸出來
不能遐想那是鄰居額外寄放的禁忌
給你一副對聯守著入口的石敢當

望至絕句陪襯二分地的彩繪
詩意熟到我們的果園菜圃
採摘一枚喜孜孜的希望
蒼鬱從地面爬進你藍色的睡夢

杜家的有機果菜

吸食過多天空灰了
大地還有緣意雲會祈禱它年輕
趕來海霧山嵐兼程滋潤
隨後杜家到會給它注入蓊蔥

一方小小菜圃教你欽點
滿溢的生氣從泥土裡呼喚出來
漫著腳脛的別叫鞋印抵償

那兒有最嫩的希望在偵探寂靜的寬度
棚架歸百香果管轄牢牢的
它答應要上下跑遍讓蛺蝶垂涎才停止
你如喊錯名字就會有風來請求題簽
其他品種早已在等待一道數步
記住透露誰先來後到的秘密雨不可能允許
主人堅信繁茂的品質
種一支青翠必須紅藍黃紫陪襯

鵝菜芹菜香菜一區區裸佔後
細布紅菜甜菜油菜玉米它們相約集體高潮
蔥偷閒開花激起蘿蔔山茼蒿衝出陣地
都給青椒番茄李子金桔撿去了便宜
它們猛吐果實得到訪客的驚奇

旁邊另有大過球場的果園剛許了願
一隴一列幼苗要競賽三年後的排行榜
不搶農藥不賭化肥做夢果子都想快快飛來報到
芭樂酪梨香蕉橘子紅肉李依序上場

嫌城市太老主人看中東海岸適合客居
夫婦聯袂購屋買地渡假當農夫快樂似神仙
我沾光隨時被他們修補健康獲得滿學分

毀農組曲

藍天

綠島的船帆給美人守著
射馬干自己訂做了一座釁宮
我不貪心只要迷戀底下這片田園
飛機從旁邊斜睨掠過去了
它教大家別驚擾
那兒有幾叢夢正在成長

果蔬盤點

說好結伴來這裡逍遙
你細數清風我奢看明月
睏了枕著青茵醒了汲飲晨露
彩蝶飛鳥趕到吐出小小摻鹽的喜悅
站地的爬上藤架的都不許倦怠
拔高垂蓏後口碑會獎賞你

莊稼人

圈地五百多坪錢豁出去了

滿心只為看一眼都市壅塞的綠意
泥土在腳板翻滾後勝利從嘴角通暢溜走
收穫一季過了又可以便宜預約下一季
你問所為何事詩答覆你

一路通到底

地下莖
過站不停
像普悠瑪貫穿北東
憑著一股力氣

遇到甜菜蘿蔔地瓜落花生
還有鼓鼓跳動的脈博
它預備用鬚根書寫自己的歷史
得到雨歡欣的回應
灌溉你就發

戲說東海岸

——贈炳杉、鳳理伉儷

洄瀾港

後山的拓荒
歷史忘了自我告白
它是從一尾魚窺探到黑潮的秘密開始的
那時舢舨捕獲幾許明天活跳的希望
然後更換大漁船連遠洋的半年禧一起征服
花蓮輪載來新奇的遊客又停駛

讓給北迴鐵路終於拚贏了蘇花省道頻繁的歷險
如今一條藍色公路又要在呼喚中風光的啟航
我那年輕的心就躑躅在港口的先祖急了
他的故事全部被梭哈

海洋公園

叫它一聲遠雄很昂貴
五十多公頃土地都在貼山瞰海
海底王國躲進谷裡你只能偷偷的瘋狂
有懼高症的人記得去嘉年華歡樂街登擎天巨輪

也許看完異國風情的表演後你會更懂得駭怕
探險島海洋劇場由海獅海豚分踞給驚喜
但特技要多了牠們也想發脾氣
去水晶城堡看魔幻歌舞再到海盜灣衝擊水道
我的描述好像一篇免費廣告
其實我也只是路過消磨一下入口而已
誰說旅遊要到實地才算數
范仲淹寫岳陽樓記不就心到腳沒到

秀姑巒溪口

從鹽寮過來
穿著白皮膚的衝浪客會跟你相遇
他們流連這裡
只因為東北季風搧起的尖浪有新的天堂
水璉牛山蕃薯寮芭崎都足夠你俗俗又懶懶的眺望
大海撞擊山的迴音很空濛
過了磯崎豐濱和石門你會看到石梯坪鴿灰突刺的岩岸
深藏一抔愛在沙漠風情內保溫
那裡的主人又開了分店
一律不准顏色偷跑

終點大港口只是日本工程師的失戀地
他的舊愛長虹橋已經輸給了旁邊過路客的新歡
我來時都錯過了泛舟的季節
無奈看著奚卜蘭島的英姿被溪水混濁的醃製
還怪夜鷺怎麼不喚水出海

成功你們的家

北迴歸線標跑了花東界碑後
特許你多望一眼樟原長老教會的那艘方舟
洪水沒來它要拯救的部落已然有了起色

八仙洞的海潮聲很顫情
佇候幾時神仙都想變回凡人
在烏石鼻看船筏石雨傘遮陽可以渡過一個空響的午後
直到三仙臺跨過拱橋撿拾仙人的腳印
終於意識你們的家在背後隱隱依偎著山阿
柴魚寶石海鮮肚臍柑敦厚的人情造就了成功的名
你們炳熙鳳邑又杉塑理居跟它一道呼吸
門前菜圃果園花樹扮飾著季節的流動
天光剛剛好灑在你們冰清巧作的心思上
風沒有忘記輕唱總能溫慰南來北往的遊子

當一個最新的驛站有夢相伴

金樽

穿過東河包子的熱度
鼻子會來到溢著咖啡香的地方
不知道誰能端起這特大號的金色酒盃
它正在滿盛東海水
閒時一併餵哺一個還想發育逃跑的陸連島
濤聲從腳下滾刷上來
波斯菊黃艷的迎風招展

你捕捉到了一絲海的迷思又放掉
恰好側邊的木棧道隱蔽迂迴
保住了你的窺秘我陳年的往事
那時一條夜河從海底湧升直逼到眼前
只遺憾沒能把圓月帶回家好生寶愛
至今還在看它飄浮

臺東蝸居

來月光小棧緬懷電影女主角中年放蕩
她的世界只有遠方的綠島和庭院的花草

那一夜的激情演出可以媲美都蘭的水往上流
傍晚杉原的海灘無端的多出了一排併連華屋的倒影
抗議的聲浪漫過伽路蘭小野柳再從富岡漁港出海
我守著黑森林旁一間小公寓
志航基地的軍機天天威嚇劫掠它的寧靜
必須用寫詩的心情跟對方纏鬥
贏了微笑輸了到成功找老朋友喝酒

山與煙嵐的協奏曲

——贈志忠、秀真伉儷

你是山她是煙嵐
她也是山你也是煙嵐
在一場風雲變幻驟雨驚嚇後
決定廝守像曠古的嘉會
從此她是包裹你山的煙嵐
往後你是她煙嵐襯托出奇的山

改造過的新北花簇簇的
人車在腳下喧闐
閉門不是為了謝客
總因為斜照的霞光太過鮮豔
剛冒出頭的中年有不能承受的輕
只願望一顆心來去自如
揮手告別的是職場困頓的進退

我來拜訪飄忽的音符
它的起始有一份偷藏的迷戀

中途變調才知添加了新曲
終究山只許煙嵐粧點
雷電冰雹都會迫使殘夢出清恐慌
已經開始的協奏曲
你的穩重絃絃藏著深意
喚起賢俶的她演出音音寓滿真情
原來新曲裡有山不能忘懷煙嵐的擁蔚
我偷藏的迷戀隨著嚴選的旋律離場
變調的節奏正在升高悅耳的溫度
從新傾聽曲曲都是佳耦艱難遇合的心聲

眼前的幽靜是天光雲彩的樂譜
別墅一幢隔著一幢自我指揮無嘩的律動
沒有野雉聲鷓鴣語的輕噪來挑染
呼兒喚侶的薄暮村景也遠在遐想外
幸運的都市人隱居有一條蜿蜒的小路
盡頭可以編織明天卸下擔負的夢
酒是我們同窗以來不知道褪色的記憶
話題隨它沿著時間的軌道爬行

聊完了現在又跋涉去從前直到空瓶喊停
如今新添的協奏早已入耳逐漸遠播
暖場過後正式的曲目將在大家的期待中響起

附錄　作者著作一覽表

一、論著

1. 《詩話摘句批評研究》，臺北：文史哲，1993。
2. 《秩序的探索——當代文學論述的省察》，臺北：東大，1994。
3. 《文學圖繪》，臺北：東大，1996。
4. 《臺灣當代文學理論》，臺北：揚智，1996。
5. 《佛學新視野》，臺北：東大，1997。
6. 《臺灣文學與「臺灣文學」》，臺北：生智，1997。
7. 《語言文化學》，臺北：生智，1997。
8. 《兒童文學新論》，臺北：生智，1998。
9. 《新時代的宗教》，臺北：揚智，1999。

10.《佛教與文學的系譜》，臺北：里仁，１９９９。
11.《思維與寫作》，臺北：五南，１９９９。
12.《中國符號學》，臺北：揚智，２０００。
13.《文苑馳走》，臺北：文史哲，２０００。
14.《作文指導》，臺北：五南，２００１。
15.《後宗教學》，臺北：五南，２００１。
16.《故事學》，臺北：五南，２００２。
17.《死亡學》，臺北：五南，２００２。
18.《閱讀社會學》，臺北：揚智，２００３。
19.《文學理論》，臺北：五南，２００４。
20.《語文研究法》，臺北：洪葉，２００４。
21.《創造性寫作教學》，臺北：萬卷樓，２００４。
22.《後佛學》，臺北：里仁，２００４。
23.《後臺灣文學》，臺北：秀威，２００４。
24.《身體權力學》，臺北：弘智，２００５。
25.《靈異學》，臺北：洪葉，２００６。

26.《語用符號學》，臺北：唐山，2006。
27.《紅樓搖夢》，臺北：里仁，2007。
28.《語文教學方法》，臺北：里仁，2007。
29.《走訪哲學後花園》，臺北：三民，2007。
30.《佛教的文化事業——佛光山個案探討》，臺北：秀威，2007。
31.《轉傳統為開新——另眼看待漢文化》，臺北：秀威，2008。
32.《從通識教育到語文教育》，臺北：秀威，2008。
33.《文學詮釋學》，臺北：里仁，2009。
34.《反全球化的新語境》，臺北：秀威，2010。
35.《文學概論》，臺北：揚智，2011。
36.《語文符號學》，上海：東方，2011。
37.《生態災難與靈療》，臺北：五南，2011。
38.《華語文教學方法論》，臺北：新學林，2011。
39.《文化治療》，臺北：五南，2012。
40.《華語文文化教學》，臺北：揚智，2012。
41.《新說紅樓夢》，臺北：里仁，2016。

二、詩集

1. 《蕪情》，臺北：詩之華，1998。
2. 《七行詩》，臺北：文史哲，2001。
3. 《未來世界》，臺北：文史哲，2002。
4. 《我沒有話要說——給成人看的童詩》，臺北：秀威，2007。
5. 《又有詩》，臺北：秀威，2007。
6. 《又見東北季風》，臺北：秀威，2007。
7. 《剪出一段旅程》，臺北：秀威，2008。
8. 《新福爾摩沙組詩》，臺北：秀威，2009。
9. 《銀色小調》，臺北：秀威，2010。
10. 《飛越抒情帶》，臺北：秀威，2011。
11. 《游牧路線——東海岸愛戀赤字的旅行》，臺北：秀威，2012。
12. 《意象跟你去遨遊》，臺北：秀威，2012。
13. 《流動偵測站》，臺北：秀威，2016。

三、散文小說合集

1.《追夜》，臺北：文史哲，1999。

四、雜文集

1.《微雕人文》，臺北：秀威，2013。
2.《小小哲學人生》，臺北：晶冠，2016。

五、編撰

1.《幽夢影導讀》，臺北：金楓，1990。
2.《舌頭上的蓮花與劍——全方位經營大志典：言辭卷》，臺北：大人物，1994。

六、合著

1.《中國文學與美學》（與余崇生、高秋鳳、陳弘治、張素貞、黃瑞枝、楊振良、蔡宗陽、劉明宗、鍾屏蘭等合著），臺北：五南，2000。

2.《臺灣文學》（與林文寶、林素玟、林淑貞、張堂錡、陳信元等合著），臺北：萬卷樓，２００１。

3.《閱讀文學經典》（與王萬象、董恕明等合著），臺北：五南，２００４。

4.《新詩寫作》（與王萬象、許文獻、簡齊儒、董恕明、須文蔚等合著），臺北：秀威，２００９。

語言文學類　PG1515　旅人系列4

流動偵測站
——列車上的吟詩旅人

作　　者 / 周慶華
責任編輯 / 李冠慶
圖文排版 / 周妤靜
封面設計 / 王嵩賀

發 行 人 / 宋政坤
法律顧問 / 毛國樑　律師
出版發行 / 秀威資訊科技股份有限公司
114台北市內湖區瑞光路76巷65號1樓
電話：+886-2-2796-3638　傳真：+886-2-2796-1377
http://www.showwe.com.tw
劃撥帳號 / 19563868　戶名：秀威資訊科技股份有限公司
讀者服務信箱：service@showwe.com.tw
展售門市 / 國家書店（松江門市）
104台北市中山區松江路209號1樓
電話：+886-2-2518-0207　傳真：+886-2-2518-0778
網路訂購 / 秀威網路書店：http://www.bodbooks.com.tw
國家網路書店：http://www.govbooks.com.tw

2016年3月BOD一版
定價：340元

國家圖書館出版品預行編目

流動偵測站：列車上的吟詩旅人／周慶華著. -- 一版.
-- 臺北市：秀威資訊科技, 2016.03
面；　公分. -- (語言文學類；PG1515) (旅人系列；4)
BOD版
ISBN 978-986-326-364-7(平裝)

851.486　　104028914

讀者回函卡

感謝您購買本書，為提升服務品質，請填妥以下資料，將讀者回函卡直接寄回或傳真本公司，收到您的寶貴意見後，我們會收藏記錄及檢討，謝謝！如您需要了解本公司最新出版書目、購書優惠或企劃活動，歡迎您上網查詢或下載相關資料：http:// www.showwe.com.tw

您購買的書名：________________________________

出生日期：________年________月________日

學歷：□高中（含）以下　□大專　□研究所（含）以上

職業：□製造業　□金融業　□資訊業　□軍警　□傳播業　□自由業
　　　□服務業　□公務員　□教職　□學生　□家管　□其它____

購書地點：□網路書店　□實體書店　□書展　□郵購　□贈閱　□其他

您從何得知本書的消息？

□網路書店　□實體書店　□網路搜尋　□電子報　□書訊　□雜誌
□傳播媒體　□親友推薦　□網站推薦　□部落格　□其他________

您對本書的評價：（請填代號　1.非常滿意　2.滿意　3.尚可　4.再改進）

封面設計____　版面編排____　內容____　文／譯筆____　價格____

讀完書後您覺得：

□很有收穫　□有收穫　□收穫不多　□沒收穫

對我們的建議：________________________________

____

____

____

請貼
郵票

11466
台北市內湖區瑞光路 76 巷 65 號 1 樓
秀威資訊科技股份有限公司 收
BOD 數位出版事業部

(請沿線對折寄回，謝謝！)

姓　　名：________________　年齡：________　性別：□女　□男

郵遞區號：□□□□□

地　　址：________________________________

聯絡電話：(日) ________________ (夜) ________________

E-mail：________________________________